왜 하필

왜 하필

김태수 시집

反詩시인선 007

시와반시

시인 김태수

전주출생, 『문예운동』등단, 해양문학연구위원
세계문학상, 해양문학상, 부산문학상 등 수상
시집 『삐딱한 세상읽기』, 『땅위를 걷는 새』, 『울어버린 뱃길』 등
e-mail : tsk605@hanmail.net

시인의 말

바이러스다.

풀잎들이 말라간다.

객사할지도 모른다.

지독한 악성이다.

2019년 5월

김태수

차례

2 무성한 달빛

3 노을빛 갈매기

4 천원어치 남은 하루

1

아직 덜 익었나

낮 달

그림자가 없었다
아무 말도 하지 않았다
광화문 어느 모퉁이였다
하이힐 소리가 또깍거렸다

아직 덜 익었나

화덕에 장작을 더 넣었다
타다닥
불티가 창공을 날았다

쇠똥구리

마당을 굴린다
마당에 내려앉은 햇볕을 굴린다
아침과 저녁이 거꾸로 돌아간다

허공 위에 얹힌 마당이 왁자지껄하다

비오는 날이면
빗소리 굴린다
천둥소리 굴린다
너와 내가 큰 소리로 뒤집힌다

빗소리 멎자 추녀끝에서 천둥 친다

우울한 날이면
분노를 굴린다
가고 없는 옛사랑을 굴린다

아침이 밝아오자 동구 밖 그리움이 할딱거린다

천년 동굴

천년 동굴에 바람이 들었다
바람의 혀가 동굴 벽을 핥는다

숨이 멎어버릴 듯한 기억의 딱정이
벽화처럼 달라붙어 있다

천년 동굴에 바람이 들었다
바람의 혀가 동굴 벽을 핥는다

내 유년의 발자국이
천천히 잠에서 깨어났다

천년 동굴에 바람이 들었다
바람의 혀가 동굴 벽을 핥는다

오월 말 일자 신문지를 덮은 노숙자의
쉰내 나는 바램도 잠에서 깨어났다

동굴 속을 탈출한 자메이카 커피향이

긴 여정을 동행했다

겨울 비

어느 날
혼돈의 꿈속을 겨울비가 추적거렸다
하얀 바람이 끼어들어 하늘거렸다

빈 나뭇가지가 세차게 떨었다
나뭇가지에 가슴을 찔렸다
내 팽개친 시간의 사금파리들을 마구 불러 모았다

눈을 비비며 비비며 마중했다
웅크린 기억이 언 땅을 갈랐다

죽어도 지워지지 않는
그리움으로 뒤척이는 밤들이
새 새끼처럼 목을 놓았다

육중한 하늘의 문이 열렸다
나는 겨울비에 흠씬 젖어
차마 눈을 뜨지 못했다

발가락을 깨문다

나는 왜
스테이크보다
닭 발가락이 좋은지 몰라

많은 날 동안
지구의 밑구멍을 사납게 파 헤쳤을
질긴 발가락을

드문드문 떠오르는
사타구니의 그리움 때문인지 몰라
역사를 헤벼 속살을 벌겋게 드러낸 채
신음하고 있는 발가벗음을 향한 목마름 같은 것

수 없는 파헤침의 발질에 익숙해진
결코 연약 하지도 무쇠처럼 여물지도 않은
그 위대한 비밀을 사랑 하므로
맛난 발가락을 오돌오돌 깨문다

바보의 겨울나기

바보,
너는 아직도 오뉴월이다

햇볕은 식어 싸늘한데
바보, 너는 아직도 뜨거운 맨발이다

포도에 구르는 은행잎처럼
찬바람 껴안고 제 몸 데우는 나목처럼

털모자도 없이
양지 녘 창가도 없이

바보,
너는 아직도 쓸쓸한 찬바람과 열애 중이다

환청

네가 나 일 수 없고
나는 너 일 수 없이
같은 찻잔에 입 맞추고
같은 찻잔을 향하여
바라볼 수밖에 없는 동행은
어쩌면
이 세상에서 가장 슬픈
무지개인지도 몰라

무영등

잠간 꿈을 꿨다
차가운 무대 난간에
웃음의 넝마들이 매달려 있고
긴 여정의 모퉁이에는
벌거벗은 내가 서 있었다
편안한 밤일 거라 말들 했다
표정 없는 전등아래
무희들이 춤을 췄다
화사한 불빛에 사로잡힌 나는
겁 없는 하루살이 날개였다
꿈속을 날고 있는 천사였다
투명하게 내려앉은 불빛속의
무심한 돌멩이였다
누운 채 숨만 받아먹은 밤이
몽롱한 나의 생환을 거들었다
피를 빨아먹은 소름이
하늘 거렸다
무대 위에 그림자는 없었다

지구가 동강 나던 날

지축이 울었다 정신이 나갔다

나는 침몰하고 없었다

마루 밑 눈도 못 뜬 새끼를 내 팽개친

복실이도 사라졌다

어둠속에서 카사노바와 헐레를 붙었다

어둠과 욕정의 절묘한 결합이다

지구의 자전이 멎자

엘리베이터도 따라서 멈추었다

22층에서 메뚜기처럼 내려갔다

작은곰자리가 팔짱을 낀 채 동공을 굴렸다

토해낼 수 있는 말은 다 토했다

정신 나간 지축이 어둠속 헐레를 부추겼다

마루 밑 강아지는 까만 허공만 물어뜯었다

짜릿한 경험이었다

갈등

사과 한 알을 손에 들고
갈길을 잃는다
두 쪽을 낼까 네 쪽을 낼까
갈피를 잡지 못해 조심조심
사과 육질을 파고 들어가는 칼등을 보며
엄니의 봉분을 가르는 악몽으로 자지러진다
빨간 사과는
하얀 살키를 보이며 나동그라진다
조각난 사과가, 엄니가,
하얗게 웃으며 손사레를 치고 있었다

울어버린 뱃길

　사방의 어둠이 흰 이를 번득였다 눈썹을 흩날리는 쇳바람 소리, 흐믈대는 백파의 몸짓이 요염했다 뱃전에 나동그라진 세상 모든 것들, 간절한 소망 소 돼지 원숭이 민달팽이 개구리 송충이 까만 눈망울의 내 식솔들 늘 따리를 틀고 누워있는 요양병원 침대위의 어매, 고단한 배관공 날계란을 빨아대는 테너, 절름바리 약사 양재기 젓가락 모두는 가슴에 구멍을 뚫었다 별들은 젖은 눈 속에서 빛나고 있었다 세상은 뒤집히는데 배는 장승처럼 걷고 있었다 귀신처럼 하늘거리며 걸었다 귓가에서 쇳소리가 히웅히웅 울었다 바람은 광녀처럼 날뛰고 몽유병자 같은 빗쟁이가 엎드린 봉분 사이에서 끓는 거품을 물고 달려들었다 아무도 저항같은 건 맘도 못먹었다 아무도 눈조차 치켜 뜨지 못했다 이승과 저승을 구분할 혜안은 잡생각이었다 최후의 고해 성사로 보속조차 받을 수 없었다 어쩌면 차라리 지린내 나는 이 땅 끄트머리 어딘가의 시궁창을 찾고 있는지도 몰랐다 밤은 더 칭얼대며 보챘다

고집

사진을 등에 업고 웃었다
웃음이 여름처럼 눅눅하게 젖었다
오만의 빗장이 채워진 그가
뜬금없이 날아든 날파리에
삭정이가 부러져 내렸다
어둠을 갉아 먹던 무거운 낱말들이
핏기를 잃고 휘청거렸다
날카로운 이빨 하나 갖지 못한
날파리의 노래는 실성하듯 그를 마구 때렸다
내 마음 가장자리에 물살처럼 빗금이 번져갔다

저문 하루의 빛바랜 잎사귀가
질긴 제 손목을 놓아버렸다

풍뎅이

기어 다니기에는 오금이 저려
허공을 거침없이 질주했다
머리가 여러 개 여서 서툰 비행이었다
온 고샅을 기웃거렸다
날마다 해는 떠올라 버거운 짐이 되고 있었다
꺾인 팔다리가 불편한 노래를 불렀다
돌부리에 채였다 나비가 되고 싶었다
그러나
목이 한 바퀴 돌아간 풍뎅이였다
어쩔수 없이 파란 날갯짓이
코딱지 만 한 토방을 쓸어내고 있었다

순장

    나는 참 운이 좋은 바보다 젊은 여인과 숙명적인 여행을 그것도 한평생을 할수 있다는 그것이다 그녀는 죽으라고 내 발목을 휘어잡고 따라다니는 내 발목의 그림자이다

    운이 좋은건지 기구한건지 햇갈릴때도 있지만 나는 강뚝을 산책하고 그녀는 옅은 강물위를 미끄러지듯 걸으며 우리는 마냥 행복하다 나는 참 운이 좋은 바보이기 때문에

    안데스 산맥도 넘고 킬리만자로도 오르고 싶어한다 불평 한마디 없고 투정한번 없는 순딩이의 무조건적이고 과분한 사랑에 대한 무례한 방관이 내 사람의 아침과 저녁이다 그녀의 그림자가 나의 발목을 덮어주며 나와 함께 최후를 맞으리니 여기에 내가 뭘 더 바라겠는가

빈 페트병

아직도 여행은 끝나지 않았다
미로를 더듬던 발길이 제 발길을 부화 시켰다

속은 비울수록 좋았다
가벼워서 좋고 동동 뜰 수 있어 좋았다

병속에서 또 병들이 허우적거리며
허우적거리는 몸통에 노래를 새겼다

팔다리를 결박당해도 병은 다시 솟아올랐다
사나운 파도가 병속에서 철석거렸다

세상은 바위처럼 엎드리고
몸통에 새긴 노래가 붉은 혀를 날름거렸다

때묻은 시간

아무짝에도 쓸모가 없어진 몰골이었다 구겨지고 헤진 몸뚱아리 임종을 기다리는 혈색

그 누구도 눈길 한 번 주지 않아 바람처럼 쓸쓸한데 생각이 날까말까한 세상들이 다 먹어치운 빈 쟁반을 덮은채 가볍게 펄럭거리고 있었다 가장자리에 묻은 김치국물도

'남성확대' 광고와 함께 펄럭 거렸다 결탁한 업자와 거하게 한 상 차려먹고도 느물거리는 부정한 공직자의 얼굴도 일그러져 있고 상의를 뒤집어쓴 살인자도 반쯤 접시에 깔려 있었다 어디선가 찬바람이 불어오는데도 꼼짝달싹 못했다

가위바위 보

귀뺨을 후려 맞아 볼때기가 얼얼하다
어디서 누구로부터인지 모른다
알려고 해서도 안된다

백년은 살아야 할 동자승의 정수리가
실핏줄을 드러낸 채 푸른 숨을 할딱거린다

천국인가 지옥인가 그냥 연옥인가
나를 지탱해야 하는 아찔한
이승의 확률은 삼분의 일이다

데뷔

　가자 바다로 가자 쉼 없이 깨어 버둥거리는 바다로 정녕 바다
로 갔으나 나는 첩첩 산중에 있었다 내 수채화 속의 바다는 찢겨
져 날리고 시퍼런 산등성이 밑에 엎디어 용암처럼 굳어 있었다
산봉우리의 앙칼진 아우성은 초라한 나를 마구 허물었다 오줌
발조차 정조준 할 수 없었다 난청 환자들처럼 울대를 비틀고 핏
발을 세워 감정을 소통했다 바다는 수상하게 웅얼 거렸다 환청
으로 들려오는 괴성이었다 맥주집의 허연 넓적다리가 질리도록
검푸른 파도 속에 번득였다 쩝

　─ 처음이가
　─ 야
　─ 짜슥 니 돈 되겠는데

헛발질

나는 나로부터 탈출하려 했다 무서웠다

뒷덜미를 붙잡힌 통나무처럼 눈이 수도 없었다

밤새 괴성을 질러대며 하늘만 바라보았다

날마다 해는 떠올라 꺼억 꺽 울음을 받아 먹었다

헤진 살덩어리가 푸석푸석 흩날리고

나는 나를 벗어나려다 돌부리에 채인 이무기였다

방랑자였다 목이 한 바퀴 돌아간

풍뎅이였다 제자리만 도는 힘겨운 날갯짓이

시간을 잘근잘근 씹고 있었다

떨고 있는 나무

메뚜기가 달아났다
나무의 허리가 휘어진다
지금까지 나무를 가두었던
낱말 한 개가 실종된 거다

박자가 맞아도 좋고
맞지 않아도 좋다는 말에
머리를 조아린다
불티처럼 날고있는
방관자들의 조롱이고
타자의 메마른 입술이다

나무가 흔들리고 있다
나무는 음모를 제거 당한채
백색 천정에 끌려 다닌다
얼음장같은 살모사가
똬리를 풀어 나무의 목을 조른다

악몽이 육중한 철문을 끌고 다닌다

술시酒時

　친구야 술시다 닭 발가락에 쏘주 됐나 엉덩이가 부딪치고 새
빨간 혓바닥이 성경처럼 굴러다니는 인파속, 이왕이면 더 고향
스러울것 같은 그런 불빛을 찾자 눈치 없는 달 보다는 긴 밤 내
하얗게 하소연을 들어주는 백열등 아래로 가자 거기 닭 발가락
을 닮은 함매의 손이 조금은 굼뜨더라도 실종된 속내를 술잔 속
에 빠뜨리자 흙 묻은 닭 발가락을 밤새워 씹자 썰렁한 가슴팍이
뜨겁도록 군불을 지피자

꽁지머리

친구여
땅이 흔들리는 소리 듣는가
등줄기를 타고내리는 나의 노래 들리는가
미친 듯 떨고 있는 나뭇잎 사이로
홀연히 춤추고 있는 그림자 보이는가

흐드러진 벚꽃 술잔 아래 지는 꽃잎 하나로
천지를 개벽 시키며 낄낄대던 꽁지머리
딜라일라 딜라일라
본시 내 여자였노라던 그녀를 여기두고
어디를 헤매고 있는가 딜라일라

친구여
여기 내 술 한잔 받게나

리모델링

살이 타들어 갔다 치졸한 자해다
거울 속의 불을 끄는 넉살은 애당초 사기였다

눈 밖의 세상은 혀의 거부로부터 발기 된다

눈을 뜨면 폭죽처럼 부서지던 날들의
수습은 애당초 허기를 채우려는 주문이었다

무참히 뜯겨진 잔해 속에서
반쯤 타다 남은 나를 건져 낸다

2

무성한 달빛

더듬이

궁색한 삶의 물길이 등줄기를 타고 내린다
발가 벗은 살덩이가 개벽의 천둥소리를 듣는다
놀란 장승이 돌아앉는다
정수리에 내려 꽂히는
차거운 별빛이 힘겹게 저무는 하루를 붙든다
한나절의 잠꼬대는 너털웃음 뿐이다
거친 날들의 밭이랑이 나를 향해 굽이치고
나는 강가에 앉아 씨방처럼 부풀어 간다

동행

    시무룩한 그림자가 날밤을 새우며 더욱 아른거려 옵니다 눈을 깜빡거리는 사이에 지나쳐 버릴 것 같아 한 순간도 눈을 감을 수가 없습니다 우리는 꼭 만나야 합니다 수천수만 마리의 철새 무리가 텅 빈 허공을 부딪치지 않고 날고 있는 모습은 경이롭기 까지 합니다 그렇지만 그렇게 비껴 가는 신비는 원치 않습니다 아니 거부합니다 노련한 행동이 불편 합니다 위태로운 둥지속의 새 새끼가 되겠습니다 언젠가 어디선가에서 마주치고 부대끼며 키가 점점 커가는 그림자를 둘이서 바라볼 수 있어야 합니다

이격 거리

팔짱을 낀 아침이 바람에 흔들리자

나는 이미 흙먼지로 날고 있다

세차게 붙들었으나

뜨거운 하루해는 이미 식어버렸다

멀리 붉은 칡넝쿨이 우거진 떡갈나무 숲에서는

까마귀가 슬피 울고있다

머리를 맞대고 도란거렸던 수많은 어제 들이

술 잔속에서 출렁거린다

바퀴벌레 한 마리가 휙 지나가자

어둠이 샛노란 개나리를 피웠다

돌팔매를 맞은 강물이 휘청거렸다

나와 당신은 종이 한 장 차이로

비켜 선 틈새일 뿐이다

물구나무 서기

그래 내가 왜 여태 그 생각을 못했지 땅에 양팔을 짚고 허공에 양발로 서보자 몇 걸음만 뒤로 물러서면 내 속살을 볼수 있고 그 윽한 엄니의 자궁도 코앞이다 허공에 발을 딛고 서면 먼발치로 물러앉은 내 유년의 행가래가 눈앞에 펼쳐지는 것을 엉킨 실타 래처럼 내 혼을 흔들어 대던 지금까지의 무례한 전진에 신선한 제동을 걸어보자 혼미해져 사는게 차라리 재미있다 바로 서서 는 오래 버티기 힘든다 제정신이 아닌 세상을 제정신 차리고 천 천히 걸어보자

물방울 모으기

무성한 달빛이 목이 마르다
물의 덧셈은 기적이다
바다가 이슬을 거부하고
이슬은 안개로 달아난다
신비의 만남을 예견하는
눈치없는 도피다
원초의 조각들이 사슬을 엮어
머리와 머리를 맞대고
축축한 눈들을 응시한다
어제와 내일이 뒤엉킨채
토란잎 위에서 허우적 거린다
뜨거운 들짐승 울음 속에서
불기둥이 솟는다
소멸과 생성의 절박한 외침이다
그것은 오로지
하나가 되려는 몰입의 숨소리다
소름 돋는 빗소리가
토란잎 속을 빠져 나온다

눈물

비가 내린다
꽃잎처럼 비가 내린다
깊숙이 파묻은 목덜미를 타고 내린다
갈 길이 먼 발자국 소리에 비가 내린다

뜨거운 비를 맨몸으로 맞아보라
한달음에 달아나는 어둠속
장대처럼 발버둥치는
밤비를 맞아보라

깨물고 있는 입술에 입술을 맞춰보라
차마 떠나지 못하고
문밖을 서성이는 먹구름 속에서
핏빛 꽃잎이 진다

석가탑

그 밤을 기억에서 지운다
차가운 돌탑 추녀 끝에 매달린 웃음들이
검은 공간을 베어 먹는다
긴 여정의 끝자락엔 벌거벗은 내가 있고
누군가 편안한 밤이라 말한다
팔딱거리는 가슴팍에 화살이 꽂힌다

더듬이 없이 탑돌이를 한다
허공을 휘 젓는 휘파람이
날개를 부러뜨린 가해자라면
나는 투명한 이슬로 내려앉아
눈뜨지 못하는 무능한 피해자다

누운 채 숨을 받아먹은 게으름이
몽롱한 나의 방랑을 거든다
소름이 수초처럼 하늘거리고
오염된 내 속마음 저쪽까지
돌탑 앞에 부끄러움 밤이다

비가 내리면

어느 날 비가 내리면
대숲처럼 우우 비가 내리면
떠 내려가 버리고 말 것 같은 세상
잠시 숨을 고르며
그 숨을 쉬어야 하는 의미의 불씨를 지핀다

사슬처럼 엮여져 오는 생각
생각들
파란 창공에 대고 그려본 욕망들은
부질없는 연기처럼 스러져 버리고
그럴싸한 흔적 하나 남기지 못했어도

추억으로 깊이 새겨야만 할
빗물이 볼을 타고 흘러 내리던
그날을 기억하기 위해 넘기고 또 넘겨가는
바람 같은 날들은 갈잎처럼 쌓여만 간다

계절의 반란

뒷짐을 진 하루가
한눈을 팔고 있다
긴 하품이 저만치 비껴간다
모퉁이를 돌아가는 물처럼
가물거리는 요염한 뒷태가
교만 스럽다
시늉만 내고 숨어버리는
신록의 게으름이 초라하다
한 송이 꽃으로 말 하려다
입을 닫아버린 침묵
때 늦은 노란 기지개가 멋적다
능청스런 태양은
벌써 칠부 능선을 오른다

인연 뒤에

　바람이 내게 말한다 날아간 시간들에 절망하라고 사람들은 무지렁이 같은 어제를 애무 한다 시간에 쫓기는 버스가 눈을 흘기며 내 곁을 스쳐간다 그 모든 것에 감동하라고 몸을 허물고 간지독한 바이러스도 보듬는다 요란스런 경적에 놀란 불빛조차 나를 흔든다 견디기 어려운 조울증의 발단은 살내를 핥고간 혀 들이다 물어뜯긴 모든 것들이 더없이 소중하다 사금파리에 베인 내 몸뚱어리에서 한 방울의 선혈이 천둥소리로 떨어진다 마침내 홀로 방황하는 행성의 이름을 기억 하여 자욱하게 꿈틀거리는 먼지와 영원히 함께할 궁리를 한다 가까이 또는 멀리서 서성이는 새삼스런 관계에 대하여

　바람에게 묻는다

노을빛 속의 휘파람

물고기가 소리내어 울었다 지느러미를 힘껏 저어 언덕배기를 올랐으나 모래 언덕이었다 한 치를 오르면 세치는 미끄러졌다 거품을 물고 부목을 댄 지느러미를 파닥거렸다

종래에는 돛이된 지느러미의 순항을 상상했다 바다를 두려워할줄 알았다 긴 한숨을 연거푸 삼키며 초점을 잃은 눈동자 주위에 쇠파리들이 모여들고 있었다 부패한 냄새가 퍼져나가고 누구를 탓할 에너지는 이미 소진되고 없었다 붉은 노을 속에서 한 무리의 물고기 떼들이 활개를 치고 있었다

길 잃은 눈물

비가 내린다
달력 속에 뒤섞인 숫자 속에서
비가 내린다
성큼 다가오는 지나간 날들의
지워지지 않는 영혼 위로 비가 내린다

한번은 쏟아내야 할 뜨거운 빗물
타는 속내를 들켜버릴까봐
마른 갈대가 슬픔을 제 몸에 비비듯
소리 내어 울지도 못한다

지나가버린 잔인한 이별의
아물지 못하는 흔적으로부터
핏빛 바위처럼 비가 내린다

비와 커피와 탁자

전화가 왔다
아 그렇지 자메이카로 간다 했지

그때서야 부러진 날개를 저었다
파닥거리는 나비의 저항이었다
삐딱한 동행이었다
어쩌다 한번씩 웃는 그를 기이하다 생각했다
기이하기 때문에 기이하게 비가 내렸다
그가 없는 마른 하늘이 비에 젖었다

말라붙은 커피잔에 비가 내렸다
자메이카향이 벽을 타고 올랐다
찻잔 밖에 서성이는 기억의 이파리가
찻잔 속의 비를 토해내고 있었다

슬픈 목련

너를 애인이라 말할 수 있을지

오금이 저리도록 우아한 너와의 짧은 해후는

불현듯 왔다가

서둘러 바위처럼 돌아앉아 버렸지만

그렇게 서두는 이유 같은 건 말하지 않았다

슬픈, 몹시 슬픈 눈물을 뿌려

이리도 급하게 4월을 작별하며

그래도 이 봄 눈이 부시다

너를 눈이 부시도록 사랑하기에

눈부시게 슬픈 나의 애인이여

바람

　바람처럼 살다간 바람이 찾아 왔습니다 그도 한때는 바바리코트 깃을 세우고 안개비를 몰고 다녔던 서양 바람이었지요 가끔은 성난 회오리로 몰아쳐 지나가고 또 어느땐 실바람처럼 흔적도 없이 들리곤 하던 막다른 골목 바람은 무던히도 피붙이들의 애를 긁어 놓았지요 태풍의 일생과 같이 불현듯 나타나 세상 담벼락을 다 허물어 버리고 고독한 영혼처럼 고집스런 스스로를 불태웠지요 비루하게 세상을 떠돌던 바람은 끝내 많은 바람들의 혀 끝에서 갈기갈기 찢긴 걸레의 잠자는 바람으로 찾아왔습니다

내게 필요한 것

파도는 부서지기 위해서 태어납니다

웃고 짜증내고 화내고 들판에 던져진 휴지조각 같은거

보듬고 엎드린 다소곳한 평원이

스스로 들썩거려 풍파를 만듭니다

그 크고 작은 들썩거림을 꽃 피워서 즐기고

때로는 경악하고 저주합니다

욕설은 언제나 욕설하는 사람에게 관대합니다

파도의 호기심이 저지른

헝크러진 욕망의 실타래 때문입니다

고요한 물결이 투정을 부릴때도 용서해야합니다

파도는 한없이 외로움을 타는 아이입니다

능청스런 파도같이 샛빨간 넉살이 필요합니다

로드 킬

　있는 듯 없는 그림자로 허기를 오독오독 깨문다 가슴을 뜯어
내듯 이른 아침에는 흔적을 파묻는다 콸콸 토해놓은 상처의 시
간을 몸통으로 걷는다 금이 간 담벼락을 타고 오르는 외로운 담
쟁이의 질긴 힘줄처럼 홀로 그렇게 밭은 숨을 쉬고 내뱉는 죽음
을 퍼 먹는다 남겨진 책장이 빈 쌀 뒤주같이 우렁우렁 울고 있다
도무지 꿈틀대는 기미가 보이지 않는 황톳길의 지렁이 한마리

3

노을빛 갈매기

누드 크로키

정수리가 해체되고 메뚜기가 성큼 걸어 나와 마하의 속도로
달아났다 숭고한 바람 한 자락이 오래된 나뭇가지를 구부렸다
아담과 이브는 왜 금단의 열매를 따먹고 말았을까 터무니없는
생트집으로 머리가 아팠다 배반의 고통을 지나 비로소 신선이
되는 꿈을 꾸었다 많은 날들 동안 눈뜨지 못한 생각들을 머리 속
에 구겨 넣었다 구겨넣은 생각들이 까치발로 다가와 격렬하게
껴안았다 메뚜기가 불속으로 뛰어들었다 한 조각 티끌로 날아
오른 내가 켄트지 위에서 춤을 추었다

왜 하필

피부색이 검은 여인이 유달리 하얀 이를 드러내며 물었다 왜
하필 한국 사람은 이삿집에 토일렡 페이퍼를 선물로 가지고 가
느냐고

꽃과 똥이 미로 속에서 탈출구를 찾아 헤매었다 낙뢰가 내리
꽂히는 피뢰침위에서 비들기 한 쌍이 짝짓기를 하고 있었다

왜 하필

술술 풀리라고 오래 살라고 행복 화목 다산 막 갖다 붙였다 멋
쩍은 웃음 뒤에 부자가 된 기분을 덧대었다 왜 하필 이야기가 술
술 풀렸다

눈길을 걸으며

말 없이 걸었다
눈 부신 길을 눈 부시게 걸었다

잎새를 거두어간 플라타나스 가지에도
가녀린 그녀의 어깨 위에도 눈은 내리고
나란히 뒤따라오는 발자국들이 별빛처럼 반짝였다

끝없이 이어지는
점, 점, 점들의 사랑 노래는
멀고도 아린 풍경으로 시린 발밑에서 출렁거렸다

착각

검지와 중지 사이로
신작로가 펼쳐지고 있다
얽힌 숲은 얽힌 고난이란다

주술가가 들여다보는 손바닥에서
섬광이 번득인다
붉은 태양이 떠오르고
고삐 풀린 망아지는 날개를 단다

구름 위를 걷는
구름 위의 길은 끝을 모른다
실핏줄처럼 뻗어가는 여정에
들꽃 향기가 너울거린다

힘껏 주먹을 쥐었다 놓는다
아 한 순간에 사라지는 맨주먹이여

몽당연필

　편안해 지고 싶다 당당하고 싶다 가늠할 수 없는 무게와 크기를 닮고 싶다 바람과 비와 폭풍과 마주한 많은 날들 허물었다 쌓은 장벽의 평화를 모두 기억한다

　언제 어느 곳에서나 너는 꼭 다문 씨방처럼 수줍다 지구를 돌고 돌아 당도한 오늘의 옹색한 차림새를 안다 어떻게 생을 마무리해야 하는지 작아서 더 크고 빛나는 행적이 부럽다

폐선

언젠가는 한번 큰소리로 울어야 한다 커튼콜이 없는 무대일지라도 평화의 허물을 벗는다 매미의 화려한 외출이 끝나는 날 숨죽여온 은둔의 기도가 하얀 거품으로 날고있다

아주 잠깐의 여유로 비상의 꿈을 더듬는다 함께 하지 못하는 기다림 앞에 내 피와 녹슨 몇 조각의 뼈들은 무심히 불티로 날고 흔적 없는 발자국이 남겨질뿐 부활은 구겨진 욕망 앞에 잦아드는 함성이다 밀물처럼 이글거리는 수많은 기억들은 붉은 쇳물 속에서 불티로 나른다 머물곳을 찾지 못하는 영원한 내안의 노을빛 갈매기 한 마리

눈썹의 추락

눈썹 하나가 추락하고 있었다

구름을 이탈한 물방울의 무게로

원천을 거스르는 불경을 저지르고 있었다

간혹 삭정이에 걸린 수초처럼

몸을 떨고 있었다 모난 돌처럼

살키를 뜯어 먹히고 있었다

바람이 무동을 태운 꿈으로 창공을 날며

과용한 자유를 토해내고 있었다

마침내

날밤을 샌 노래 소리는

호두껍질같은 집단으로부터 소리없이 빠져나와

수 많은 구경꾼 속으로 뛰어들었다

젖빛 유리의 무심속에서

메뚜기처럼 허우적거리며 하늘을 날고 있었다

리타이어

저 매미의 화려한 노래가 끝나는 날 우리네 품팔이도 거두어 지겠지 조용히 숨죽여 온 두엄속의 꿈틀거림은 비로소 근사한 날개를 달아 잠시 동안 정말로 잠시 동안 화려한 꿈을 꾸었었지 늘 뿌연 물보라 속을 곡예 했었지 숙명을 노래하며 가끔은 아픈 이슬이 흘러내리는 맥주잔에도 메마른 그늘 아래도 내 노래의 씨앗들이 신음하고 있었지 이제 보니 잠시 잠이 들었었나봐

덮여진 책장위에 얼굴을 파묻은채 허물을 빠져나온 젖은 몸이 꿈틀거렸다

격정

　하얀 새들이 어둠을 뒤짚는다 피묻은 깃털이 흩날린다 바위처럼 내려앉은 이야기로

　뜨거운 숨이 녹여낸 비린 바다위 긴 밤 내내 사납게 웅얼거리던 천둥이 짙게 멍이든 구름 속으로 숨어들고 짠한 전설이 후두둑 걸어 나온다 어부의 함성은 공연한 생트집이 아니다 바다를 자맥질하는 저 노래는 닻을 올려야 하는 이유이고 닻이 오르면 숙명처럼 손을 뿌리쳐야 한다

　비껴 선 핏줄들 그렇게 엮어진 웃음들로부터 나를 떠나 보낸다 떨고 있는 한 가닥 날개에 온몸을 의지하여 콘도르처럼 솟구쳐야만 한다 내가 저어가야 할 저 일렁이는 청보리 밭 거기 내 노래가 있기 때문이다

비의 내숭

길 잃은 비가 조용히 창을 넘어왔다 흠뻑 적셔진 몸뚱아리는 소름이 돋는 언어들로 나를 찔렀다 찔끔 오줌을 지렸다 녹아내린 어둠속에서 한줄기 소나기 춤을 추었다 하얀 해가 서쪽으로 솟아 올랐다 빗물에 젖은 꼬리를 흔들며 나를 쓰러뜨린 멋쩍은 웃음이 침몰하고 있었다 내가 빠져나온 골목길에는 비에 붙잡힌 그림자 하나 서성거렸다 사위어가는 발자국 소리 긴 기지개 밑 그림자가 줄행랑을 치고 있었다

여우비가 내렸다

초록 안경

어둠이 저만치 물러 앉은 뒤에야
물안개 사이로 구름이 보인다
살 같은 바람이 일었다
뿌연 흙먼지 속 언덕배기가
온통 초록동산이 되었다

열리지도 않는 하늘을
조급하게 기웃거린다

이름이 지워져 버린 친구도
오래 전에 구겨버린 사랑도
처연했던 아픔 까지도 죽순처럼 솟아 오른다

지나간 것에 대한 허기였는지
신선한 충격으로 배가 부르다
졸고 있던 바다가 기지개를 켜고
고목의 나이테가 하품을 한다
불현듯 콧잔등에 걸친 안경너머

잊혀졌던 초록별이 서산에 진다

홀로하는 이별

　기어코 담을 넘는다 더듬이를 잃은 오기다 수없이 만나고 헤어지는 구름에게 눈을 흘긴다 소리없이 떠난 자리엔 아직도 미소가 머뭇거리고 허공에 볼멘 투정의 먹구름 널렸다 아무나 허투루 넘나드는 아픔은 애당초 거부한다 모두가 잠든 한밤중에도 별들의 경계는 삼엄하다 가슴에 새긴 문신 속에서 젖은 혀끝에 머물렀던 사랑이 두 손을 들고 일어선다 남은 자의 고뇌를 뒤집은 극한의 허탈이다 숨멎은 도시에 드러누운 가재처럼 하늘을 휘 젓는다 흙먼지가 일고 있다 끝내 닿을 수 없는 길, 뿌옇다

숨비 소리

  짠 내가 뼛속으로 쾅쾅 흘렀다 물길에 야생화가 흐드러졌다 끄나풀처럼 꼬리를 무는 먼 길에서 광란의 춤을 추고 또 추었다 가로질러 갈수도 있고 세로질러 갈 수도 있었지만 송곳처럼 침몰한 채 바둥거렸다 오래 전에 쓰러진 나무토막 같이 돌아앉은 부엉이바위 같이 미동도 하지 않았다 그게 수월했다 어느 날엔가 낙관처럼 붉디붉은 어느날의 발자국이 걸어 나왔다 거울 속에서 태곳적 미라가 걸어 나왔다 산 사람의 숨소리가 다급한 자맥질을 하고 있었다

숨바꼭질

　벌떡거리던 심장 한쪽이 장롱 밑으로 숨는다 어쩌면 내가 죽을지도 모른다는 생각에

　따라갔으나 허탕이었다 쇠똥구리가 굴리고 가던 한 나절이 흙먼지로 날린다 꼬리 떨어진 가오리연처럼 뒤뚱거리는 몸뚱어리에서 진땀이 흐른다 내일을 놓쳐버린 실수에

　걷잡을 수 없는 공포의 씨앗이 스멀스멀 발아 한다 나는 자꾸만 어둠속을 들여다 본다 차디찬 장롱 밑으로부터 쏟아지는 야유의 소리 들린다 은밀한 기대에 대한 거부다

　방향을 잃은 맥동이 꿈틀대는 욕망의 하늘을 끌어 당긴다

팽이의 생각

그는 바람을 탄다 깃털처럼 날아 오른다
회전은 모든 것을 보듬는 팽팽한 포용이다
절정은 늘 역풍에 대한 두려움과 부딪친다

자학의 고통이 멎자 커튼이 내려진다
비로서 무대의 뒤안이 환하게 보인다
상한 고목이 널부러져 있다

정지된 모퉁이에서
쇠락한 여배우의 민낯을 본다

4

천원어치 남은 하루

거미

바람이 나뭇가지의 목을 조른다
눈 깜짝할 사이는 사치다
빗방울이 출렁이는 거미줄 사이로
먼 바다가 꿈틀거린다
노동의 흔적도 잔인한 숨소리도
스스로 그림자 뒤에 가두어버렸다
그물을 깁듯
조각난 시간을 기운 흔적만
시침을 떼고 있을 뿐이다

창밖엔 비가 내리고
핏발선 눈동자는 과녁을 응시한다
바람의 발자국소리 도망치지 못한다

역주행

　손바닥을 뒤집는데 걸리는 시간은 찰나다 통쾌한 일이다 빼곡한 시장 바닥에서 마하의 속도로 우사인 볼트가 달린다 거꾸로 자란 콩나물이 시루 밖으로 발가락을 흔들고

　뭍으로 올라온 물고기는 지느러미로 마른땅을 긁는다 하얀수염의 어른이 아이의 사탕을 뺏어 물고 행복에 겨워한다 이삿짐센타 상호가 적힌 카렌다에서 한 여인이 조상 제삿날을 손가락으로 도려내고 있다 흰구름이 굴뚝 속으로 빨려 들어가고 아궁이는 줄기차게 빗물을 토해내고 있다 삽살개가 비를 맞으며 엎어진 밥그릇을 뒤집는다 세상은 굳이 얼굴을 붉힐 이유가 없어졌다 하늘로 올라가는 물방울처럼 쉼없이 뒷걸음치는 물레방아처럼 제 발길을 돌이킬 수 없는 공간에서 스스로를 뒤돌아보는 여유는 허세다 뒷걸음으로 전진하는게 편한 사람들 사이에 끼어있음에 안도 한다

어떤 세모

자선냄비의 종소리가 북새통의 인파속으로 파고든다 머리부터 들이밀고 굼벵이처럼 몸을 구부린채 가픈 숨을 몰아쉬며 종소리는 쉰 목소리로 광란의 도심을 어루만진다

남포역 4번 출구의 천국으로 향하는 계단에 보시를 구하는 때절은 손바닥이 우주를 떠받치고 있다 그 위에 날개 찢긴 나비 한 마리 떨고 있다 우리가 배가 고파야 할 이유를 묻는다 무심한 불빛 저녁놀 한 자락이 동토凍土를 적신다

무관심

목이 마른 들꽃 한 송이
뿌리째 뽑혀 나와 내동댕이 쳐졌다

시든 꽃잎은 시든 꽃잎의 항변으로
시든 꽃잎을 지켰다

헝클어진 들판을 곁눈질이 잡초들의 표정이다

낙엽

백발이 성성한 잎들 사이
벌레 먹은 그림자 하나
억척으로 붙들었던 손을 놓는다

너덜거리던 혀처럼 잔인했던 시간들
모진 비와 바람과 무서리의 젖은 눈시울
속내를 묻은 채 노랑나비 날고 있다

백발이 성성한 잎들 사이
키 큰 나무 숲 사이로
키 작은 하늘이 내려와 서성거린다

도전

불덩이가 천둥을 핥고나면 찬란한 볏은 온통 생채기다 뜨거운 핏비가 내린다 목털을 세우고 비장의 훼를 친다 거친 숨결이 자맥질하며 붉은 혀를 할딱거린다 깃털은 찢겨 무심한 창공을 선회한다 죽어도 살아야할 날갯짓으로 끓는 분노가 목구멍으로 기어든다 방향 잃은 불꽃이 연마된 부리 끝에 도사린다 샛바람의 기척에 전의의 날개를 다시 세우고 난전을 떠돌던 흙먼지가 등골을 타고 내린다

고장난 신호등

　어디로 뛸지 말해주지 않는 개구리 내숭으로 칠갑을 한 인간 도토리 키 재기다 산을 오르면 내려와야 하고 아침에 나간 집을 저녁이 되면 반드시 돌아와야 하는 것도 예측 가능해서는 안 된다 어느발을 먼저 내 디뎌야 하는지 헷갈리는 발자국소리 공사장 해머가 빗맞는 소리 시장한 인부의 밥숟갈 떨어뜨리는 소리 화풀이 자동차 경적소리 꼭 앞뒤가 있어야만 될 이유도 없다 심장의 불규칙한 박동이 차라리 예술 일 수도 있다 세상은 불협화음의 향연이다 신호등은 고장 나게 하라 그래서 가고 오는 사람들을 뒤 엉키게 하라 시시콜콜한 법률 따위는 개의 목에나 걸어라 나를 자유케 하라

소문과 풍문 사이

구름 위를 걷는다
소문은 아무 말도 하지 않는다

우리는 친구다
뚝배기처럼 투박한 친구 사이다

우리는 자주 문드러지고
우리는 자주 늪에 빠져 허우적거린다

바람 위를 걷는다
풍문은 아무 것도 듣지 않는다

화려한 밥벌이

문드러진 검지손가락으로
버튼을 눌러 나를 깨운다

갯벌에 부리를 박은 황새가
노을 밑에 저녁상을 차린다

사마귀는 나뭇가지를 타고앉아
아침 햇살을 갉아먹는다

하루살이는 권투선수와
밥 따먹기에 여념없이 코피를 흘린다

자판위의 검지손가락이
배부른 노래를 클릭 한다

배가 부르다 버튼을 눌러도
휘청거리는 나는 이미 없다

바퀴벌레 같은

눈과 눈을 맞추면 더듬이를 세운다
헛기침 소리에는 주춤거리거나
주둥이를 씰룩 거리며 능청을 떤다

오케스트라 지휘자 흉내를 낸다
어둡고 후미진 곳을 기억하는 습성은
혐오의 강 건너에 머문 듯하다

바람인양 늘 틈새로만 스민다
불편한 욕망이 비틀 거린다
축축한 공간의 내습이 이루어진다
퀴퀴한 내일이 자갈처럼 웃는다

허기진 조울증이 오로지 달착지근한
오늘에 침몰해 있을 뿐이다

이승

　돗수 높은 안경의 사마귀 잔인한 발톱을 세워 휘청거리는 아파트를 낚아챈다 거기 아메바의 꿈틀거림이 보인다 나뭇잎에 매달린 벌레들 그들의 가난한 웃음까지 놓치지 않는 눈

　돗수 높은 안경의 사마귀 짝짓기를 하면서도 암컷을 갉아 먹는다 날개도 채 마르지 않은 눈만 생겨난 새끼들끼리도 서로 잡아 먹어야 살아남는 광란의 한 평생이 아침 이슬 위에서 요동을 친다

　돗수 높은 안경의 사마귀 커다란 눈동자 속 술 취한 이승이 비틀거린다

천 원 짜리

나른한 무게로 가라앉은 오후
지하철이 사내를 보듬는다
불편한 거동이 절박한 언어에 포장된다
마디마디 노래되어
표정을 지워버린 여인의 무릎에
말없이 드러눕는다

조용히
천 원짜리 한 장을 건네는
가난한 용기가 불문율처럼 거래되고 있다

허공에 뿌려진 공허한 외침이
무동을 타고 어깨춤을 춘다

무심한 생각들은 팔짱을 낀 채
식어가는 바깥세상으로 총총히 걸어 나가고
또 한 무리의 일상들은
힘겨운 하루를 등에 지고 오른다

빌딩숲 너머로

천원어치 남은 하루가 목을 구겨 넣었다

끈

더없이 편안하고 한없이 그윽하다
고뚜레 덕분이다

더없이 배 부르고 끝없이 나른하다
고봉밥 덕분이다

아무도 가르쳐주지 않는 삶과 죽음
이승과 저승의 끈은 겐지스강에서 비롯된다

고뚜레의 필연과 고봉밥의 우연 사이
끊을 수 없는 끈끈한 끈, 인연이라 부르는

시적 상상력과 대상의 응시

- - - - - -

이덕주
문학평론가

1. 공존의 지향

　김태수 시인의 시집, 『왜 하필』은 시인이 자신과 함께 존재해 온 삶과 현상에 대해 시간과 공간을 동시에 아우르며 자신의 내면을 투명하게 형상화시킨 시집이다. 그는 시적 대상마다 연민의 시선으로 친밀성을 갖고 주의 깊게 대상을 응시하며 자신과 특별한 관계를 적용하려 한다. 자기만이 볼 수 있는 사물에 대한 독특한 해석을 보내고 재구성하여 시인이 창안한 특정한 공존의 미학을 추동한다. 삶과 현상에 대해 그 본질에 근접하며 다른 삶의 방식을 적용하려한다.

　현상 너머의 본질을 향해 사유하고 그 본원을 찾아간다는 것은 그만큼 시인의 내면이 대상과 합일을 추동하기 때문이다. 무심으로 현상의 이면을 관조하며 긴밀하게 속속들이 대상과 교류한 사유의 궤적을 보여준다. 시인이 함께 누리는 정서적 교합이라고 할 수 있다. 그는 시인으로서 오랫동안 자신의 내면에 적재해온 시적 상상력이 내장되어 있다. 이처럼 그의 시편은 그가 보여주는 대상과 정서적 응시를 시인의 감각능력으로 다양하게 보여준다. 시적 대상들이 보내는 나름의 전언을 개별적 특성으로 존중하려는 시인의 공존을 향한 치열한 구도정신이라고 할 수 있다.

이번 시집 『왜 하필』의 특성은 시인의 성찰적 사유가 균일하게 내장된 시편에서 진솔한 자기증언을 발견할 수 있다는 점이다. 시인은 자기만의 존재의 이유를 대상에게 질문하며 존재의 원리를 확인하려 한다. 시편마다 주제를 달리하면서도 본원에 근접하기 위한 강한 의지를 현시한다. 시인이 세상과 공존하며 은밀하게 표방하는 조용한 존재방식에 대해 자신을 숨김없이 보여준 투명한 시적 기록물이라고 할 수 있다.

2. 통섭의 시세계

김태수 시인의 시는 대상이 속해 있는 전체를 연기적 흐름으로 보려 하는 시인의 의도가 스며있는 작품들이 주류를 이룬다.

그는 대상의 이면에 잠재되어 있는 시적 요인들의 관계를 중시하며 그 관계를 새롭게 재구성한다. 즉 자신이 파악해낸 성찰적 세계를 형상화한다.

> 마당을 굴린다
> 마당에 내려앉은 햇볕을 굴린다
> 아침과 저녁이 거꾸로 돌아간다
>
> 허공 위에 얹힌 마당이 왁자지껄하다
>
> 비오는 날이면
> 빗소리 굴린다
> 천둥소리 굴린다
> 너와 내가 큰 소리로 뒤집힌다
>
> 빗소리 멎자 추녀 끝에서 천둥 친다
>
> 우울한 날이면
> 분노를 굴린다
> 가고 없는 옛사랑을 굴린다
>
> 아침이 밝아오자 동구 밖 그리움이 할딱거린다

마당을 굴러다니는 '쇠똥구리'는 쇠똥을 향한 지향을 멈출 수 없다. 쇠똥 속에서 이루어지는 일이면서 동시에 쇠똥과 함께 하는 일이 '쇠똥구리'의 일상이고 생의 목적이기 때문이다. 마당이라는 한정된 생의 공간에서 '쇠똥구리'는 자신의 삶을 지속해야만 한다. 마당을 벗어난다는 것은 '쇠똥구리'에게 삶을 포기하는 언감생심의 일이다. "아침과 저녁이 거꾸로 돌아간다"고 해도 벗어날 수 없는 '쇠똥구리'의 생은 '쇠똥'이라는 한정된 세계에 귀속되어야 한다. 자신의 몸을 수시로 뒤집으며 거꾸로 세상을 봐야 하는 것이 '쇠똥구리'의 생이다. "비오는 날이면/ 빗소리 굴린다"는 자신의 현상적 동작과 '천둥소리'에 "너와 내가 큰 소리로 뒤집힌다"는 '쇠똥구리'에게 천형 같은 그 숙명을 거스를 수 없다. 그 또한 화자가 된 시인이 감수해야 하는 천형이기 때문이다.

'쇠똥구리'가 된 화자에게는 비록 '쇠똥구리'지만 때론 '우울한 날'에 우울하기 때문에 그 반작용으로 "분노를 굴린다"는 격정적인 감상에 빠지기도 한다. 화자는 자신이 새삼스럽게 분노하는 이유는 "가고 없는 옛사랑"이 지금 화자가 존재하는 이곳에 없기 때문임을 뒤늦게 깨닫는다. "가고 없는 옛사랑"이 화자를 온통 지배해왔음을 비로소 인지하는 것이다.

그러한 이유로 "아침이 밝아오자 동구 밖 그리움이 할딱거린다”며 ‘그리움’에 빠져있는 자신을 긍정하려 한다. 생의 현장을 겪고 있는 자신의 처지를 주어진 그대로 수용한다. 화자는 그리움의 실체인 “가고 없는 옛사랑”을 인식하고 ‘할딱거’리는 것이다. 그 또한 ‘쇠똥구리’가 된 화자자신을 ‘우울’에 빠지게 한 근본적인 이유일 것이다.

시인은 ‘쇠똥구리’만이 감당해야 하는 생존의 방식에 감각적 묘사를 통해 자신의 시적 공간을 심미적인 정경으로 재현한다. 이처럼 ‘쇠똥구리’가 경험하는 존재의 터전이 자신이 경험하는 세상과 다르지 않음을 강조한다. 시적 대상인 ‘쇠똥구리’를 역동적으로 작용하게 하며 은은하면서도 선명하게 시적 언어로써 제 기능을 수행하게 배치한 것이다. 시인이 ‘쇠똥구리’와 동류의식으로 겪게 되는 내포적 동감의식을 공유하도록 미적 장치를 실행했다고 할 수 있다.

아직도 여행은 끝나지 않았다
미로를 더듬던 발길이 제 발길을 부화 시켰다

속은 비울수록 좋았다
가벼워서 좋고 동동 뜰 수 있어 좋았다

병속에서 또 병들이 허우적거리며
허우적거리는 몸통에 노래를 새겼다

팔다리를 결박당해도 병은 다시 솟아올랐다
사나운 파도가 병속에서 철석거렸다

세상은 바위처럼 엎드리고
몸통에 새긴 노래가 붉은 혀를 날름거렸다
－「빈 페트 병」전문

　'빈 페트 병'을 보면서 화자는 '빈 페트 병'이 현재 자신이 처
하고 있는 자신의 모습과 다르지 않으며 '빈 페트 병'을 은연중
지향하고 있음을 발견해낸다. 화자는 덧붙여 자신이 "아직도 여
행은 끝나지 않았다"며 자신이 처한 상황을 옹호하려는 의지가
존재함도 확인한다. 덧붙여 화자는 "미로를 더듬던 발길이 제
발길을 부화 시켰다"고 여기며 방향전환을 모색한다.

　그 새로운 방향 즉 화자, 자신이 정주할 위치는 어디일까? 그
지점을 찾아내기 위해 화자는 그 무엇보다 '병'이 된 자신의 행
동을 자유롭게 하려 한다. 새로운 지점으로 선회하기 위해서는
몸체가 이동이 쉽게 이루어지도록 가벼워야 한다. 병을 가득 채
우면 병은 물속에 가라앉는다. 병의 속에 있는 내용물을 비워내
지 못하면 바닥을 벗어나지 못한다. 바닥에 머무를 수밖에 없다.
그러한 사실을 알고 있는 화자는 '빈 페트 병'을 주시하며 "속은
비울수록 좋았다/ 가벼워서 좋고 동동 뜰 수 있어 좋았다"며 긍
정을 하고 당위성을 부여한다. 동시에 "허우적거리는 몸통에 노

래를 새겼다"며 화자는 자신에게서 활력을 찾아내려 한다.

화자의 의지는 "팔다리를 결박당해도 병은 다시 솟아올랐다"고 하듯이 그 누구도 제어하지 못한다. 자유를 향한 적극적인 방향모색이다. 그 통제할 수 없는 근원을 향한 의지력은 "사나운 파도가 병속에서 철석거렸다"며 자유로운 항해를 지향한다. 마음껏 "사나운 파도가 병속에서 철석거"리고 있음을 감지하며 자유로운 항해가 주는 열락을 누리려 한다.

비로소 '빈 페트 병'이 되어 세상을 바라보니 "세상은 바위처럼 엎드리고" 있다. "몸통에 새긴 노래가 붉은 혀를 날름거"리며 세상을 보고 있는 화자이다. 두려울 것도 없다. 화자는 구태여 의미를 부여할 필요 없는 '빈 페트 병'이기에 제대로 세상의 본질을 바라볼 수 있는 것이다. 자신의 무게를 없앴을 때 세상이라는 바다는 '빈 페트 병'과 자연스럽게 융합을 이룬다.

시인의 의지가 적용되고 있는 '빈 페트 병' 그것은 시인에게 하나의 이상적인 양태이다. 그 때문에 '빈 페트 병'이 되기 위해 "팔다리를 결박당해도 병은 다시 솟아" 오르기를 반복해야 한다. 온전한 정신적 자유를 지향하려는 시인의 몸짓은 '빈 페트 병'이 되기 위해 "붉은 혀를 날름거"려야 한다. 그 또한 시인이 안고 있는 숙명적 과제이며 운명이다.

시무룩한 그림자가 날밤을 새우며 더욱 아른거려 옵니다 눈을 깜빡거리는 사이에 지나쳐 버릴 것 같아 한 순간도 눈을 감을 수가 없

습니다 우리는 꼭 만나야 합니다 수천수만 마리의 철새 무리가 텅
빈 허공을 부딪치지 않고 날고 있는 모습은 경이롭기 까지 합니다
그렇지만 그렇게 비껴가는 신비는 원치 않습니다 아니 거부합니다
노련한 행동이 불편 합니다 위태로운 둥지속의 새 새끼가 되겠습니
다 언젠가 어디선가에서 마주치고 부대끼며 키가 점점 커가는 그림
자를 둘이서 바라볼 수 있어야 합니다

　　– 「동행」전문

　화자는 "우리는 꼭 만나야 합니다"라고 행간에서 선언을 한
다. 그러한 당위적 정언에 대해 '동행'의 의미부여는 화자에게
어쩌면 그 무엇으로도 대신할 수 없는 확고한 의지다. 이미 화자
의 내면에서 "우리는 꼭 만나야 합니다"라고 선포한 것은 자신
을 향한 결언이다. 또한 '동행'의 대상자에 대한 결연한 지지를
보내는 확인이다.

　화자는 "수천수만 마리의 철새 무리가 텅 빈 허공을 부딪치지
않고 날고 있는 모습은 경이롭기 까지 합니다"라며 그들 동행의
무리들을 극찬한다. 화자는 "그렇지만 그렇게 비껴 가는 신비는
원치 않습니다 아니 거부합니다 노련한 행동이 불편 합니다"라
며 "수천수만 마리의 철새 무리"의 일원이 되기를 거부한다. 그
들의 '노련한 행동'이 화자에게는 불편의 대상일 뿐이다. 화자는
그들과 달리 "위태로운 둥지속의 새 새끼가 되겠습니다"라며
방향전환의 의지를 드러낸다.

화자는 평범함을 거역하고 새로 태어나기를 간구한다. 위태롭지만 일신을 변모하며 독자적인 특별한 생으로 독자적인 생을 살고 싶어 한다. 화자가 원하는 생의 모습은 "언젠가 어디선가에서 마주치고 부대끼며 키가 점점 커가는 그림자를 둘이서 바라볼 수 있"는 모습이다. 그러한 삶이 화자에겐 '동행'의 진정한 의미이다.

  시인은 결국 자신이 혼자 남으며 그 누구도 자신과 끝까지 동행할 수 없음을 깨우친다. 자신의 그림자만이 진정한 '동행'의 동반자이고 반려자임을 수용하려 한다. 자신의 그림자만이 자신과 끝까지 동행할 수 있는 유일한 '동행'의 도반이다. 자신의 '그림자'에게 '동행'의 의미부여를 하는 것은 시인 스스로 철저한 고독의 세계, 혼자만의 외로운 경지를 맛보았기 때문이다. 시인은 자신을 향해 끝내 '함께 가자!'고 외치는 것이다.

  피부색이 검은 여인이 유달리 하얀 이를 드러내며 물었다 왜 하필 한국 사람은 이삿집에 토일렛페이퍼를 선물로 가지고 가느냐고

  꽃과 똥이 미로 속에서 탈출구를 찾아 헤매었다 낙뢰가 내리 꽂히는 피뢰침위에서 비둘기 한 쌍이 짝짓기를 하고 있었다

  왜 하필

술술 풀리라고 오래 살라고 행복 화목 다산 막 갖다 붙였다 멋쩍
은 웃음 뒤에 부자가 된 기분을 덧대었다 왜 하필 이야기가 술술 풀
렸다

　－「왜 하필」전문

롤 티슈인 두루마리 화장지가 집들이선물로 자리 잡은 것은
한국사회에서는 예사로운 일이다. 선물의 선택이 애매한 경우
생활필수품으로 경제적인 부담도 가벼워 무난한 집들이선물로
인식되어왔다. 집안일이 술술 잘 풀리라는 의미까지 지니고 있
으니 집들이선물로는 제격인 셈이다. 이러한 우리네 자연스러운
일상의 풍속이 외국인의 시선에는 화장실에서 사용하는 '토일
렛 페이퍼'를 이사선물로 보내는 것을 의아하게 여겼을 것이다.
　'왜 하필' 화장실에서 사용하는 '토일렛 페이퍼'일까? 외국인
이 갖는 인식의 차이를 화자는 주목한다. 까만 피부색과 하얀 이
가 대비되는 여인이 제기하는 '왜 하필'이라는 이해할 수 없는
의문이다. 그 여인은 자신이 인식해온 상식을 부정해야 하는, 당
황스런 상황에 처해 있다.
　이와 마찬가지로 "꽃과 똥이 미로 속에서 탈출구를 찾아 헤
매"는 상반된 대상이 동일한 목적으로 짓는 행위도 '왜 하필' 그
러할까? 화자는 의문을 보낸다. "낙뢰가 내리 꽂히는 피뢰침위
에서 비둘기 한 쌍이 짝짓기를 하고 있"는 경우도 화자의 시선
에는 '왜 하필' 저 장소인지 의문의 대상이다. '왜 하필'은 상식

이 통하지 않는 엉뚱한 경우, 그 원인이 파악되지 않을 때 보내는 의문제기다.

화자의 시선에는 모순투성이만 보인다. 그런데 그 모순이 항용 통용된다. '토일렛 페이퍼'라는 선물에 '왜 하필'의 이의제기는 "술술 풀리라고 오래 살라고 행복 화목 다산 막 갖다 붙"이겠다는 문면에서 해소되고 만다. '왜 하필'은 "멋쩍은 웃음 뒤에 부자가 된 기분을 덧대"면서 그냥 무산되고 만다. 시인의 화자가 고변하듯이 "왜 하필 이야기가 술술 풀"린 정황을 긍정하려 한다.

이처럼 김태수 시인의 작은 인식이 세상을 다르게 변화시킨다. 일체유심조一切唯心造라고 하듯이 화자의 인식이 뒤바뀌면서 '왜 하필'의 긍정적인 면이 변화의 기제로 작용한다. '왜 하필'이라는 의문이 '왜 하필'에 의해 역설적으로 해소된 것이다. 시인은 모순과 조화는 결국 다르지만 하나의 공통분모를 공유하고 있음을 추론한다. 마치 시인자신의 생이 수많은 모순의 과정을 겪으며 끝내 내부의 긍정적 작용으로 조화를 이루어 내듯이.

3. 복원에 대한 기원

김태수 시인은 자신의 한 생을 점고해본다. 그는 세상에서 특별한 존재로 살고 싶어 했지만 무위로 끝나가는 자신을 발견한

다. 그 과정에서 겪게 되는 자연현상, 즉 자신의 쇠락은 자연의
한 과정임을 깊게 인식한다. 또한 자신이 자연의 한 부분으로 귀
속될 수밖에 없음에 대해 긍정의 시선을 보낸다. 즉 시적 대상과
자신을 불이不二의 대상으로 보려 한다.

언젠가는 한번 큰소리로 울어야 한다 커튼콜이 없는 무대일지라
도 평화의 허물을 벗는다 매미의 화려한 외출이 끝나는 날 숨죽여온
은둔의 기도가 하얀 거품으로 날고 있다
　－「폐선」부분

편안해 지고 싶다 당당하고 싶다 가늠할 수 없는 무게와 크기를
닮고 싶다 바람과 비와 폭풍과 마주한 많은 날들 허물었다 쌓은 장
벽의 평화를 모두 기억한다

언제 어느 곳에서나 너는 꼭 다문 씨방처럼 수줍다 지구를 돌고
돌아 당도한 오늘의 옹색한 차림새를 안다 어떻게 생을 마무리해야
하는지 작아서 더 크고 빛나는 행적이 부럽다
　－「몽당연필」전문

위 두 편의 시는 시인의 화자가 '폐선'과 '몽당연필'로 환치하
며 화자가 겪는 쇠락의 처지를 형상화 시킨 작품이다. '폐선'은
뜻 그대로 운행을 멈추고 더 이상 사용이 허락되지 않는 선박이

다. 화자가 말하듯 "커튼콜이 없는 무대일지라도 평화의 허물을 벗는다"며 이제는 '폐선'이 될 수밖에 없는 현상을 수용하고 '폐선'에게도 긍정적인 의미부여를 하려 한다. 비록 "매미의 화려한 외출이 끝나는 날"이었지만 "숨죽여온 은둔의 기도가 하얀 거품으로 날고 있다"며 새로운 의미를 확장시키려 한다. 시인은 자신을 시적 대상으로 절대긍정의 시선을 보내며 일종의 위무와 자위를 보낸다.

시인의 화자가 된 '몽당연필'은 '폐선'이 주는 위안의 상태를 뛰어넘어 "편안해 지고 싶다 당당하고 싶다"며 '몽당연필'에게 당위성을 부여한다. 연필은 사용하지 않으면 그냥 연필로 존재한다. 계속 사용하면 언젠가는 '몽당연필'이 되어야 한다. 화자는 '몽당연필'이 되기 위해 수많은 시간을 "바람과 비와 폭풍과 마주한 많은 날들"에게 바치며 제 몸의 몸체를 허물어야만 했음을 고변한다. 생의 과정에서 "장벽의 평화를 모두 기억'하고 있는 화자는 지금 '몽당연필'이 되어 있다. 하고 싶은 말도 하지 않고 인내하는 '씨방'으로 이 된 화자다 하지만 "지구를 돌고 돌아 당도한 오늘의 옹색한 차림새를 안다"고 지금 자신의 초라한 처지를 긍정하려 한다.

화자는 "작아서 더 크고 빛나는 행적이 부럽다"며 '몽당연필'의 '작아서 더 크고'에 특별한 의미를 부여한다. 시인의 화자는 "어떻게 생을 마무리해야 하는지" 그 방법을 '몽당연필'의 생멸의 과정을 보면서 크게 깨우쳤다고 할 수 있다. 시인은 자신이

'몽당연필'과 다르지 않음을 인지하며 '몽당연필'에게 찬사를 보낸다. 즉 자신의 한 생이 보잘 것 없다 하더라도 그 존재 자체로 절대적 존재임을 절대긍정으로 수용한다.

저 매미의 화려한 노래가 끝나는 날 우리네 품팔이도 거두어 지겠지 조용히 숨죽여 온 두엄속의 꿈틀거림은 비로소 근사한 날개를 달아 잠시 동안 정말로 잠시 동안 화려한 꿈을 꾸었었지 늘 뿌연 물보라 속을 곡예 했었지 숙명을 노래하며 가끔은 아픈 이슬이 흘러내리는 맥주잔에도 메마른 그늘 아래도 내 노래의 씨앗들이 신음하고 있었지 이제 보니 잠시 잠이 들었었나봐

덮여진 책장위에 얼굴을 파묻은 채 허물을 빠져나온 젖은 몸이 꿈틀거렸다
－「리타이어」전문

김태수 시인은 앞의 시 「폐선」에서 '폐선'을 희망을 포기할 수밖에 없는 지경으로 형상화했다. 이에 비해 「몽당연필」에서의 '몽당연필'은 그나마 자위의 대상으로 시인 자신에게 위안을 보내게 안배했다. 하지만 그는 그것으로 만족할 수 없다. 포기하기는 아직 이르다며 자신에게 더 깊은 신뢰를 보내려 한다.

이러한 이유 때문에 화자는 아직 자신에게 힘이 남아 있다고 "조용히 숨죽여 온 두엄속의 꿈틀거림"이 바로 그 반증이 아니

겠느냐고 온정적으로 자신을 바라본다. "비로소 근사한 날개를
달아 잠시 동안 정말로 잠시 동안 화려한 꿈을 꾸었었"다는 희
망 가득한 설계가 예사로운 꿈이 아님을 믿고 싶은 것이다. 그
것은 어쩌면 "내 노래의 씨앗들이 신음하고" 있는 긍정적인 암
시라는 생각이 든다. 그래서 그런가. 1연의 말미에서 "이제 보니
잠시 잠이 들었었나봐"라는 문면이 일면 긍정과 부정을 교차시
키면서 화자에 대한 연민을 불러일으키게 한다.

　잠에서 깨어난 화자는 "덮여진 책장위에 얼굴을 파묻은 채"
자신을 돌아본다. 그러면서 자신이 "허물을 빠져나온 젖은 몸
이 꿈틀거렸다"며 자신에게 가능성이 아직 잔존하고 있다고 여
기려 한다. 그것은 '리타이어'에 머물지 않으려는 간절한 극복의
기원이다. 시인이 자신의 본원을 향해 적극적으로 회귀하려는
희원이다. 근원에 다가가기 위해 아직은 희망을 저버리지 않으
려는 생명력이다. 자신은 비록 힘이 다했지만 그래도 무언가 복
원에 대한 기대를 놓지 않으려는 안타까움이 '꿈틀'대며 서려있
는 것이다.

　　돗수 높은 안경의 사마귀 잔인한 발톱을 세워 휘청거리는 아파트
　를 낚아챈다 거기 아메바의 꿈틀거림이 보인다 나뭇잎에 매달린 벌
　레들 그들의 가난한 웃음까지 놓치지 않는 눈

　　돗수 높은 안경의 사마귀 짝짓기를 하면서도 암컷을 갉아 먹는다

날개도 채 마르지 않은 눈만 생겨난 새끼들끼리도 서로 잡아 먹어야

살아남는 광란의 한 평생이 아침 이슬 위에서 요동을 친다

　돗수 높은 안경의 사마귀 커다란 눈동자 속 술 취한 이승이 비틀

거린다

　　　－「이승」전문

　'이승'은 시인이 존재하는 시간과 공간을 총체적으로 아우른

다. 죽음 이후를 의미하는 '저승'과 대비되기 때문이다. '이승'

은 살아남기 위한 살아있는 자들이 전쟁터와 다름이 없다. 승자

들만 존재하는 세상이다. 따라서 '이승'은 내가 살아야 하는 '지

금여기'의 다른 이름이다. 존재가 거듭되기 위해서는 무조건 살

아 있어야 한다. "돗수 높은 안경의 사마귀"는 자신의 "잔인한

발톱을 세워" 눈앞에 어른대며 보이는 거대한 "휘청거리는 아

파트를 낚아"채야 한다. 사마귀의 생존을 향한 본능이 작동하는

행위다.

　"돗수 높은 안경의 사마귀"의 잔인성을 그 누가 탓할 것인가.

인간의 눈으로 볼 때 잔인한 것이지 사마귀의 입장에서 다만 생

존을 지속하기 위한 행위일 뿐인 것이다. 화자가 '이승'에서 본

것은 그야말로 "날개도 채 마르지 않은 눈만 생겨난 새끼들끼

리도 서로 잡아먹어야 살아남는 광란의 한 평생이"다. 존재자들

이 자신이 없으면 세상도 존재하지 않는다는 가장 단순한 이치

를 실행하는 것에 불과한 일이다. 산 자들이 있어야 세상도 존재한다.

김태수의 화자는 자신도 '이승'에서 살아남기 위해 혼신의 힘을 다해왔음을, "돗수 높은 안경의 사마귀"가 저지르는 행태를 보고 자신도 저와 다르지 않음을 깨우친다. 그 때문에 새삼 살아남은 자들에게 연민을 보내려 한다. "돗수 높은 안경의 사마귀"가 될 수밖에 없는 자신에게 보내는 동병상련이다. 자신이 바라보는 세상이 "커다란 눈동자 속 술 취한 이승이 비틀거"리는 것은 어쩌면 자신을 포함한 '이승'에 살아남은 자들의 운명인지도 모른다. 그 또한 시인으로서 세상에 대한 부채의식이다. 시인은 그 부채의식을 무화시키기 위해 '이승'에서 죽음에 다다르며 '비틀거'리며 복원에 대한 기대 속에서 계속 살아가야 할 것이다.

4. 김태수의 시세계

김태수 시인은 이번 시집 『왜 하필』의 시편을 통해 자신이 속한 세상을 재해석하며 자신의 속내를 역동적인 장면으로 펼쳐 보여준다. 그는 곰삭힌 정서와 통찰로 시적 대상이 지닌 근원적 존재에 대해 질문을 거듭한다. 따라서 세상에 대한 시인의 시적 질문은 시인의 생이 존재하는 이유이고 생을 나름 조율하는 방식이다. 그가 다양한 시편으로 전개하는 존재론적 성찰의 장면

들이 이를 잘 응변한다고 할 수 있다. 그는 이러한 생의 진행과 함께 시편마다 세상과 서로 연결하며 상생하고 함께 존재하려는 의지를 드러낸다.

시인의 시편들은 시적 대상과 수많은 질문을 반복하게하며 인간의 존재와 근원에 대해 숙고하게 한다. 그는 자신을 '쇠똥구리'와 '빈 페트 병'으로 자신을 격하시키며 독자들이 낮은 자리에서 자신을 되돌아보게 하고 자문자답하도록 안내한다. 독자에 대해 시로 보여주는 일종의 친절이다. 깊이 있는 포용력을 가지고 대상의 깊이를 주시한 결과이다. 시인이 삶의 현장에서 성찰의 대상을 연대감으로 주시하며 사유했기에 가능한 경우라고 할 수 있다. 그는 그만큼 대상을 심원하게 분석한다. 시적 대상에게 자신의 진면목을 대입시키며 그 대상에게 의미부여를 하고 시적 정의를 내리려 한다.

하지만 시인이 지향하여 도달하려는 지점은 현실과 괴리된 이상적인 세계는 아니다. 그가 말하듯 그는 '이승'에서 전개되는 사건에 대해 자신의 성찰적 견해를 형상화한다. 그는 세계에 의문을 던지고 질문을 반복하면서 자신의 시편에서 '몽당연필'이 되어 세계와의 병존에 대해 끝까지 고민하려 한다. 나아가 그는 '왜 하필'의 긍정적인 면을 변화의 기제로 작용시켜 내면의 모순을 조화롭게 매듭지으려 한다. 이러한 그의 고뇌가 축적된 것이 이번의 시집이다. .

그 때문인지 김태수 시인의 시편에서 일면 시적 대상을 분별의 대상으로 여기는데도 분별이 아닌 불이不異와 불이不二의 존재로 귀결 짓는 것에 일면 동감하게 된다. 행간마다 시인이 시적 대상과 공유의 면적이 확산되고 있기 때문이다. 그 또한 김태수 시인이 천성적으로 지니고 있는 잠재력이며 존재의 미학이라고 할 수 있다.

그는 세상의 존재자들과 함께 생을 고민하며 적극적으로 소통하려 했다. 그는 모든 시적 대상에 대하여 차별의식을 없애고 대등하게 상생의 길을 모색했다. "돗수 높은 안경의 사마귀"의 귀결점 역시 상생을 향한 그의 의지가 적용되는 복원을 의미한다. 그런 이유로 그의 시를 음미하면 그가 시적 대상들과 소통하고 대상과 하나 되어 삶의 비의를 찾아내려한 노력의 흔적을 발견하게 된다.

앞으로 김태수 시인은 자신이 존재하고 있는 세계와의 불화를 극복하기 위해 시적 승화노력을 계속할 것이다. 그가 자신이 시인이라는 천형을 수용하고 신뢰하기 때문이라는 생각이 든다. 그는 세계와 동조하며 자신과 관계를 맺고 있는 모든 시적 대상이 제 자리를 찾아가기를 희구할 것이다. 시인으로서 그가 지닌 시적 의지가 좋은 시로 승화되기를 거듭 기원해본다.

反詩시인선 007
- - - - - - - - - - - -

왜 하필

2019년 6월 1일 초판 1쇄

지은이 김태수
펴낸이 강현국
펴낸 곳 도서출판 시와반시

2011년 10월 21일 등록(제25100-2011-000034호)
주소 대구광역시 수성구 지산로 14길 8, 101-2408호
대표전화 053)654-0027
팩스 053)622-0377
E-mail khguk92@hanmail.net
ISBN 978-89-8345-053-1 03800

이 도서의 국립중앙도서관 출판예정도서목록(CIP)은
서지정보유통지원시스템 홈페이지(http://seoji.nl.go.kr)와
국가자료공동목록시스템(http://www.nl.go.kr/kolisnet)에서 이용하실 수 있습니다.
(CIP제어번호 : CIP2018028199)